五行歌入門書

五行歌って面白い

鮫島龍三郎
Samejima Ryuzaburo

はじめに

わたしたちは、小学校、中学校、高校の国語の教科書で、たくさんの詩歌を学びました。その言葉の響きやフレーズが心のどこかに残っています。

たとえば、島崎藤村の詩「初恋」

まだあげ初《そ》めし前髪の
林檎《りんご》のもとに見えしとき
前にさしたる花櫛《はなぐし》の
花ある君と思ひけり

……

五行歌にもたくさんの名歌があります。

どんな
ステンドグラスを
とおりぬけてきたのか
君の
薔薇色の頬

草壁焰太

五行歌は、五行の「歌」「詩」です。
ルールは、五行、それだけです。短歌のように、五・七・五・七・七という音数の制限もありません。

この本は、初めて五行歌を知った方が、「五行歌って面白い」と思っていただけるように と、作りました。ご紹介する歌の中で、一首でも二首でも、あなたの心に残る歌があれば、それはあなたの一生の宝物になるでしょう。

十のテーマで、十首ずつ、五行歌百人一首をイメージしました（若干作者は重なります）。また、同じようなテーマで、一ページに上段、下段に歌を配置し、歌が互いに共鳴し合う「うた合わせ」の楽しみもあります。

それでは、五行歌の世界へようこそ。

目次

※未成年の作品には、発表時の学年・年齢を付しています。

一、恋の歌・愛の歌

喫茶店の
ドアの前で
雪を払って
手袋を脱ぐ
うれしい恋

小原淳子《おはらあつこ》

桜吹雪に
なるまで
気づかなかったな
キミとの日々の
美しさに

山崎　光（高三）

うなだれてる君の
背中押して
ついでに
押し倒しちゃい
ましたん

秋葉　澪《みお》

何かが
身体の内側から
突きあげ、苦しかった、
それが青春
そして恋だった

鮠《はや》　人《と》

体とまた
心さえ
親子より
深く知り合う
男と女なのだ

草壁焰太

尊敬に
肉慾が
発芽した
紛れもなく
純愛だわ

稲本　英《あや》

あの人と
背信《そむ》くと決めたから
そよ風ほどの
慰撫も
いらない

髙樹郷子

劣情の
限りなきまで
男たり
女たり
完結も破綻もない

紫野《しの》 恵《けい》

涙の出るほど
昔の話に
笑い転げた
別れの予感を
押しやるように

神島宏子

さよならを
言いながら
泣いた
やはり自分しか
愛せないのかと

素《もと》音《ね》

『初恋のきた道』という映画があります。一九九九年に公開された中国映画です。監督は張芸謀《チャンイーモウ》、主演は章子怡《チャンツィイー》（デビュー作）です。

初恋の人に出会った時のワクワクドキドキ、見るもの全てが、葉っぱの一枚一枚が輝いた日、道端の石ころですら笑っていた、章子怡がとても可憐な少女を演じていました。それからの「迷いのない人生」も。

初めての
二人の旅は
葉っぱが
みんな
輝いた日

鮫島龍三郎

二、「わたし」って何だろう

傷つく用意は
できているか
ある日
夢が私に
そう言った

屋代陽子

ほんとうのこと
は
自分に
だけ
言う

永田和美《なごみ》

いらん
いらん
今日は
自分も
いらん

福島吉郎

そんなに
自分自身に
しがみつくな
よく見れば
もうぼろぎれだ

草壁焔太

知らない街で
行き交う人を
見ている
この一点に
私がいる

酒井映子

わたしの
よるべなさを
流れているのは
夜明けの河の
火の匂い

柳瀬丈子

年は重ねたものの
どうしようもない
わたしを
棄てられないと
こころは泣く

一《いっ》川《せん》

いっそ
大きく凹もう
いつか
多くを満たす
器になるのだ

伊東柚月《ゆづき》

死火山では
なかったのか
ふつふつと
くすぶり続ける
己を見る

町田道子

心の言葉を
字幕にすれば
私は
即
上映禁止

蛇《じゃ》　夢《む》

脳の研究者の前野隆司氏は、『脳はなぜ「心」を作ったのか』(筑摩書房)で次のように述べています。

「私たちが主体的に行っていると思っている思考という行為は、実は無意識下の小人たちが行っている自律分散計算だと考えられるということだ。」

脳の中に、たくさんの小人たちがいて、昼夜を問わず働き続けている、「わたし」というのは単なる錯覚、幻想ではないか…なんて思うのも楽しいものです。

なぜか
脳内は
いつも
得か損かの
自動計算

鮫島龍三郎

三、人生って何だろう

ハムレットのポスターが
「生か死か」と問いかける
生きるにきまっちょる！
毎朝応えながら
改札へ急ぐ

松山佐代子

どしたん？
赤茶けた枝に
しがみ付く毛虫
じき冬よ
何に成りたいん？

ちさと

右か
左か
迷った時は
ときめく方に
舵を切れ

松田義信

遠くまで
照らされているわけでは
ないけれど
歩をすすめれば
灯っていく

山碧木《やまあおき》 星《ほし》

蝉よ
地上は
うつくしいか
おまえの
ながい夢のそれより

芳川未朋《みほう》

生きることが
そのまま
あなたへの恋文となる
そんな一生で
ありますよう

三好叙子《のぶ》

人生は
常に
坂であった
階段であった
夢の中でも登ろうとした

河田日出子

潰れてしまうほどの
心の重さを
持ってみたい
生きてることすら
忘れるような

雅流慕《がるぼ》

何も無かったように
消されてゆくだろう
私の足跡
それでも
波打際を歩く

髙橋美代子

空に抜ける
山あいの道を見上げ
私も
今日を
越えようと思う

陣内尚子

古来、インドの人は、人生を四期に分けるといいます。
第一期　学生期《がくしょう》　生まれてから学習する時期。
第二期　家住期《かじゅう》　仕事をして子育てをする時期。
第三期　林住期《りんじゅう》　仕事を引退し、静かに暮す時期。
日本人の発想ではここまでですが、まだあります。
第四期　遊行期《ゆぎょう》　全てを捨て旅に出て野垂れ死にする。
それぞれの時期を精一杯生きて、最後は行き倒れて死ぬのがインド人の理想の人生だと言うのです。

じじいになったら
ひげを貯えて
好きなときに酒を飲み
あちこちで嘘をついて
生きるのだ

鮫島龍三郎

四、幸せって何だろう

嬉しい　ただ
嬉しい
あなたがいること
あなたが笑うこと
あなたと生きること

詩流久《しるく》

何時も
妻といられる
今が
最高に
幸せ

大村勝之

春風に乗って
流れてくる
幸せ
隣りの家から
シャボン玉

小原さなえ

自分の身の回りの
小さな幸せを
感じないものは
地の果てまで歩いても
幸せになれない

とりす

まるで振り子のよう
悪いことへの
ふり幅が大きいほど
良いことへと
大きく振れる

井椎しづく

それは　生きる醍醐味
つらい今日が
昨日になって
夢みた明日が
今日になる

三隅美奈子

われ
忘れ
想えることの
ある
しあわせ

紫《し》音《おん》

私が
私のために生きて
それが人のためにも
なったのなら
こんな嬉しいことはない

塚田三郎

「ただいまぁ」の
声に
信州は
山の緑
空の青

遊　子

今が
何より
大切に思えて
水滴のように
丸くなっている

高山智道

本屋さんで、「幸せになる方法」とか「幸福論」というタイトルを見ると、つい買ってしまう癖があります。無意識に、もっと幸せになりたいという「欲」があるのでしょうか。

民俗学者の柳田國男は、日本古来の「幸せ」の考えは、「もっと幸せに」ではなく、「無事」ということばにある、と言います。毎年毎年同じことを繰り返す、農作業も祭りも同じ仲間と一緒に、変わらないことが幸せ、だと。

つらいときも
うれしいときも
どんなときでも
目を閉じれば
あなたが笑っている

鮫島龍三郎

五、家族の歌

ひとりの中で
ふたつの心臓が
リズムを合わせてる
十月《とつき》だけの
二重奏

兼子利英子

赤ちゃんを
抱っこすると
からだ中の
細胞が
ため息をつく

生稲みどり

「ママ」
幼ない頃のままの表情で
私を見上げている
今日
「母」になった娘

永田和美

子どもを産んで
娘は優しくなった
孫が生まれて
家内も優しくなった
みんな　みんな優しくなった

岡田道程

来世でも
主人と結婚する
そうでないと
娘に
会えないから

高《こう》原《げん》郁《かぐわ》子《し》

親に愛されているのか
なんて
考えたこともなかった
私は　幸せな
子どもだったのだ

宇佐美友見

別れの言葉も尽きた
臨終の床
「なかなか逝かんなー」と
泣き笑いさせた
亡父を想うと弛む

吉川敬子

遠い夏
母に送った
はがきを
母の眼差しで
読む

関　美佐子

セピア色の
家族写真の中で
私の眼が
訴えているものを
誰も知らない

ゆうゆう

日暮れの喫茶店
珈琲を前に
ずっと無言の妻と私
隣の席で50年前の二人が
はしゃいでる

鈴木理夫

フィリピンから来た少女が、日本の定時制高校に入りたいと相談に来ました。なぜ定時制高校か、と聞くと、「お父さんが病気です。私は弟や妹のために働かなければなりません。でも勉強して医者になりたい、だから定時制高校に入りたい。」

愕然としました。涙が出てきました。世界の大多数の国では当たり前のことなのかもしれません。

日本が、日本の家族のあり方が変わってしまったのでしょうか。

娘よ
時給850円
支払うから
バイト先の笑顔
我家でも

窪谷　登

六、生活・日常の歌

ふっと
力を抜いて
しゃがむ
噴水の
ひと休み

下濱和子

きっかけは
風だった
ペアで
踊る
蝶と枯葉

庄田雄二

腕にとまる
蚊さえ
重い
夕なぎの
ころ

眞《しん》 デレラ

深夜の
ベランダは
宇宙船のデッキ
満月にむかって
船出する

中込加代子

高台から見渡せば
こんな街とて
絵画のような港町
さてと　降りて
絵の具となりますか

よしだ野々

雪が
降り始めた
街は
静かに
受け身となる

柳沢由美子

なんか
ほんとの
はなしを
すると
おちつくね

水源《みなもと》カエデ（六歳）

美しい人
あなたは
正面から
わたしを
みつめる

佐藤義朗

値引きの札から
更に50％引かれて
北風《かぜ》にふるえる
黄色のパンジー
つれて帰る

礒貝美智江

灯油売りの声
のどかに
聞こえる日
きんぴらごぼうが
シャキッと仕上がる

福家貴美《ふけきみ》

途中にて乗換《のりかへ》の電車なくなりしに、
泣かうかと思ひき。
雨も降りてゐき。
石川啄木

深夜夜勤の帰り、雨が降ってきて、終電も行ってしまった。啄木は「泣かうかと思ひき」と歌います。こんな正直な歌、そのままの場面を、そのままの感情を、そのままの表現で……泣けてきます。

「歌は、日常の中での一瞬の生の実感にある」と、啄木は思っていました。

私は、詩歌とはまったく縁のない生活をしていましたが、五行歌をやってみたい、私でも歌ができるかもしれない、と思ったのは、この歌を読んでからでした。

あなたも、生活の中、日常の中、五行歌を作ってみませんか。

七、自然の歌

最果ての
礼文は
鳥の影もない
雲の
住み処《か》

高樹郷子

梅雨あけの
入道雲
象が前足をあげ
普賢岳に
のしかかる

市原恵子

一面の
曼珠沙華で
あろうか
日本武尊を
つつんだ野火も

高望正夢《たかのぞみまさゆめ》

黎明の湖畔
樹と大地と水が
交じり合った
この星の体臭を
嗅ぐ

吾木香　俊《しゅん》

あっ
春
風の
芯が
まるい

酒井映子

草の
そよぎよ
夏草の
刈る手を止めて
吹かれている

藤内明子

落ちても
落ちても
つもることのない
思いよ
湖面に降る雪

屋代陽子

空に
残ったままの
白い月
帰れないのか
おまえも

杉山高美

よく似てる
コスモスの花の
黄色い丸と
宇宙の中の
丸い月

三葉かなえ

何か秘密があるのだ
かたつむりも
けむしも
シナノキを
這い上がっていく

水源《みなもと》　純

短歌は、五・七・五・七・七という歌のしらべがあります。短歌の歌人、岡井隆は、短歌を「ほとんど一瞬間のうちに流れる感情をとらえるために適した詩型」と言います。従って、自然詠の場合も、「自然が様相を変える一瞬をとらえるようにつとめる」と言います。

五行歌の詩型は、もう少し懐が深く、長い時の経過や変化もよみ込める詩型ではないでしょうか。

流れの軌跡を
岩に遺し
川は
みえない水で
満ちている

水源　純

八、社会の歌

問題が神ならば
人間が代わりに
闘うことはない
神同士が
闘えば済むことだ

山田武秋

人が作り出したもの
宗教に希薄な国の
渾沌と
宗教に濃密な国の
殺伐

甲斐原　梢

波うっている
心まで
陵辱
されているような
面接試験

かやみちこ

会議室に
お茶を運んで
ふと、振り返る
イソップの動物たちを
見たようで

神部和子

会社を
つぶした
心底
疲れた
泥みたいだよ

泊　舟

いかに
世の仕組みが
利害でつながるか
たたきつけられて
帰る道

菅原弘助

隠れトランプが
トランプを生んだ
小ヒットラーが
ヒットラーを
誕生させたように

旅　人

権力の魔
と闘うものは
勝った時が
魔の入る時と
識らねばならぬ

一　歳

「シーン」と云う
音が聞える
ジジ
ババだけの
街

窪谷　登

「絶滅危惧種
ホモサピエンスの
交尾が確認されました」
遠い遠い未来の
銀河系ニュース

悠木すみれ

私は、あるNPOで、外国から来た子ども達の高校受験のお手伝いをしています。

日本語を教えたり、面接の練習をしたりします。

中国、ネパール、フィリピン、ベトナム、シリアなど、いろいろな国からやってきた子ども達がいます。難民申請中の家族もいました。

その場で、世界の国々のいろいろな矛盾、日本という国の矛盾を考えさせられます。

私の欲が
私達の欲に
なると
なぜか
正当化される

鮫島龍三郎

九、老いの歌

私に叱られた
老母
ちいさな声で
唱歌を
歌う

秋川果南《かなん》

命のバトン
私にあずけ
母は一人の旅に出た
レイコと名付けた
人形抱いて

志村礼子

「あと、お願いね」
バトンを
渡されたような
義母《はは》　旅立ちの
朝

井原知江子

力《りき》んだ
在宅介護
ベッドの傍らに
力が脱けてゆく
終わった…

小港磨子

生き残るとは
残酷な
罰ゲーム
自由さえ
持て余している

紫かたばみ

節足動物の
足音さえ
聞こえてくる様な
一人者の
無音の世界

大橋克明

市の放送
ジーパンにリュック
痩せ型の老人
あ　俺のことだ
探しに行こう

森脇　一

殺した蚊よ
わかってくれ
病人も
生きているのが
辛いのだ

村山二永《ふたなが》

人生の下り坂
もくもくと
歩む
背中
押さないでよ

飯島治雄

最悪でも
死
そのなんと
軽い
憂い

戸水　忠

チャップリンの名画『ライムライト』で、チャップリンが演じる老芸人が、「死にたい」という若きバレリーナに言います。

「人間には、死と同じように避けられないものがある。それは生きることだ。」

びっくりしました。人は、死が避けられないことは聞かされていたけれど、「生きること」も避けられないこととは！

「長寿を讃えるは
老いの苦しみを知らぬ者の
たわごとなり」
米寿祝いの席
母のことばに凍りつく
鮫島龍三郎

超高齢社会は、人類が初めて直面する課題なのです。

十、いろいろな歌

心の
ほとりに
離宮を造る
美しい刹那ばかりを
棲まわせる

南野薔《しょう》子

せみが
しんだのは
だれか
いのちのはねに
ふれたから

小澤光希《みつき》（五歳）

ふと想うのです
赤ん坊は
過去から来るのか
それとも
未来から来るのか

山宮孝順

獣の
教えた湯への道を
今日も
リハビリの患者が
隊列を作る

諏訪部　健

私の触覚に
触れたのだから
君は
私に食べられる
理由がある

かおる

ぬるい水に
沈められ
マングローブの根に
犯される
いいもんだね人生

王生令子《いくるみ》

慟哭から
生まれた歌が
足もとを照らす
慟哭を
知らぬ私の

佐藤沙久良湖

私が
居なくなってからも
続いていく時間を
希望と
名付ける

鳥山晃雄

今日もいそいそと
抜け出す魂よ
後は追うまい
行き先は
とうに知れている

松山佐代子

なにかを
失ったのか
本質だけになったのか
ただ
遊び暮らす

草壁焔太

ここまで読者の方には、たくさんの五行歌をよんでいただきました。恋愛、心、自分、人生、幸せ、家族、日常、自然、社会、老い、いろいろなテーマの五行歌です。

心に残る歌やフレーズはありましたか？
「五行歌って面白い」と思われましたか？

はじめて訪れた
祇王寺
千年の約束のように
白猫
膝にきて眠る

三好叙子

五行歌を作ってみませんか

歌人の須賀知子氏は、次のように五行歌を紹介しています。

「心に飛び込んできた風景を、あなたなら絵に画きますか。それとも写真に撮りますか。私は言葉で五行にしてみるのです。旅先で出会う様々な風景があるように、それは一人一人の心の中にも広がっています。思いや感動を呼吸のままに五行にしてみると、表現することで改めて自分の心の有り様に気づかされます。自分から自分に向かう旅をしてごらんになりませんか。あなたも、五行歌で。」

（月刊『五行歌』２０１７年４月号「五行歌　私はこう書く」より）

また歌人の兼子利英子氏は、五行歌を書く楽しさを語ります。

「私は五行歌を書くことがとても楽しい。これは最初からずっと変わらない。自分が感じたこと思ったことを表現して歌にする。すらすらとは出来ないし納得いかない歌になることも多い。でも工夫して歌にすることは楽しい。」

（月刊『五行歌』２０１８年６月号「五行歌　私はこう書く」より）

日常生活の中での五行歌。ある日の夕方、散歩をしていました。

白鷺が
ひたすら
夕陽
見つめてる
一本の線となって

白鷺はある角度から見ると一本の線に見えるのです。

ある日の夜、居酒屋にいました。

とうとうと
自慢話をする男
「その時俺は
なんと言ったと思う」
知るもんか!

私は、この男に相当怒りがこみあげていたのですが、この歌を作ることで、何か楽しくなりました。

人は、自分の中の何かを表現したいという欲求があります。ダンスをしたり、歌を歌ったり、絵を描いたり、スポーツをしたり……。
五行歌は、日々の生活の中で心の揺れや思いを表現できる、「ポケットに入る手頃なサイズの詩型」です。五行歌を作ることで、日々の生活が豊かになり、楽しくなった、という人がたくさんいます。

また、歌会で一緒に歌を語りあう仲間と出会うことは、最高の喜びでもあります。興味を持たれた方は、ぜひ「五行歌の会」のホームページにアクセスしてみてください。

また、日本全国に百を超える五行歌会があります。気軽に参加してみるのも面白いですよ。

あなたも五行歌を作ってみませんか？

『五行歌って面白い』を読んで

草壁焰太

鮫島さんは、二十年ほど前から五行歌を始められた。その頃、かれは大変な激務をしていたが、それでもさいたま新都心歌会の代表も務められた。しかし、いよいよ仕事が大変になり、しばらく歌会にも見えなくなった。

だが、ひそかに、五行歌後継の問題がささやかれたりするとき、鮫島さんはこういう人がいいだろうなと思う一人であった。かれは穏やかで、思い深く、歌にも豊かさがあり、実務の世界でも何もかも知っているような方である。

つまりなかなか得難い人であった。その彼が激務に倒れ、世に復活されるときに五行歌にもどられたのは大変うれしかった。

戻られてしばらくもしないうちに、彼は私の思いを知っているかのように、五行歌の案内書のようなものを出してみたいと申し出られた。私は五行歌入門書も五行歌選歌集もいろいろ刊行している。

しかし、私は一人の人間であって、何冊本を出しても語り口はそう大きく変わるものではない。私の語り口で五行歌を案内するのに、マンネリズムを感じていたときであった。そこで、他の目で、他の語り口で、五行歌を案内してくれるのは、五行歌にとってもとてもいいことだろうと私は答えた。

そして、今、出来上がってきた本の原稿を見て、私は感無量の思いがした。この本のなかでは、五行歌のすぐれた歌が対話するかのように思われる。それぞれの歌の問いかけや、つぶやきが、呼応し合う。

これがふしぎだった。私には造り出せない豊かさがある。彼は結論は急がないから、その対話の終わりは読み手にゆだねられるようになっている。彼自身のごく短いコメントと、最後に載せられるその項目の締めくくりの歌も、多くは彼の自作だが、とてもあじわい深いものになっている。

全体の読み味は、期待以上であった。読みながらわくわくし、項目ごとに味わい深い別の世界に連れて行かれるようである。小さな本なのに、豊かで巾がある。

私の語り口とは違い、穏やかな言葉で語られた五行歌が、いままでにない魅力を持っているように感じられた。読む方々もきっとそう思われるであろう。

鮫島さんに深く感謝する。

おわりに

仏教に「自利利他」という言葉があります。一般には「自らの悟りのために修行すること、他の人の救済のため尽くすこと」をいいますが、私は次のように思っています。「自利」とは、自分の利益、すなわち、自分の心を磨くこと、「利他」とは、他人の利益、すなわち、人と共に喜び、人と共に悲しむこと、と。

五行歌は、この仏教の理想の生き方「自利利他」にぴったりの詩型です。

毎日の生活の中で、私達は喜び、悲しみ、驚きなど、プラスの感情であれマイナスの感情であれ、心の揺れの中で暮らしています。

そのような「心の揺れ」や「思い」をそのままことばで、五行歌で表出することが「心を磨く」ことにつながります。

また、人や自分の五行歌を仲間と語り合うことは、「人と共に喜び、悲しむ」ことの実践になります。（歌会では一緒に泣いたり笑ったり、よそではなかなか経験できないことがよく起きます。）

一般的に「利他」というと、社会貢献やボランティアを頭に思い浮かべますが、「共に喜び共に悲しむ」ことが、社会貢献の第一歩ではないでしょうか。その意味では、五行歌は、日本、世界を変える大きな可能性を秘めていると思います。

たいしたことなど
なにもできない
だから
たった一つの
心を磨けばよい

草壁焰太

この本が出るにあたってたくさんの人にお世話になりました。

五行歌の世界に導いてくださった草壁焰太先生、編集してくださった事務局スタッフの方々、支えてくれた家族、そして何よりも五行歌の仲間たち。

ありがとうございます。

いい歌に
出会いたい
ただ
それだけで
生きている

鮫島龍三郎

鮫島 龍三郎（さめじま りゅうざぶろう）

1952 年　鹿児島県に生まれる
東京大学文学部卒
現在、五行歌の会同人
さいたま市在住
s.dragon8460@gmail.com

そらまめ文庫 さ 1-1

五行歌って面白い

2018 年 7 月 30 日　初版第 1 刷発行
2018 年 8 月　8 日　初版第 2 刷発行

著　者　　鮫島龍三郎《さめじまりゅうざぶろう》
発行人　　三好清明
発行所　　株式会社 市井社
〒 162-0843
東京都新宿区市谷田町 3-19 川辺ビル 1F
電話　03-3267-7601
http://5gyohka.com/shiseisha/

印刷所　　創栄図書印刷 株式会社
似顔絵　　水源 純
装　丁　　しづく

ISBN978-4-88208-157-9

「五行歌の会」ご案内

五行歌とは、五行で書く歌のことです。万葉集以前の日本人は、自由に歌を書いていました。その古代歌謡のように、現代の言葉で同じように自由に書いたのが、五行歌です。五行にする理由は、古代でも約半数が五句構成だったためです。

この新形式は、約六十年前に、五行歌の会の主宰、草壁焰太が発想したもので、一九九四年に約三十人で会はスタートしました。五行歌は現代人の各個人の独立した感性、思いを表すのにぴったりの形式であり、誰にも書け、誰にも独自の表現を完成できるものです。このため、年々会員数は増え、全国に百数十の支部（歌会）があり、愛好者は五十万人にのぼります。

五行歌の会では月刊『五行歌』を発行し、同人会員の作品のほか、各地の歌会のようすなど掲載しています。

～ご入会・ご購読のお申込はこちらまで～
五行歌の会　http://5gyohka.com/
〒 162-0843
東京都新宿区市谷田町 3-19 川辺ビル 1 階
電　　話　03（3267）7607
ファクス　03（3267）7697